新雅
名著館

小王子

原著 安東尼·聖修伯里〔法〕 撮寫 宋詒瑞

新雅文化事業有限公司
www.sunya.com.hk

文學名著，具有永久的魅力。一代又一代的讀者，曾從中吸取智慧和勇氣。

　　面對未來競爭性很強的社會，少年兒童需要作好準備，從素質的培養、性格的塑造、心理承受力的加強、思維方式的形成、智力的開發，以及鍛煉堅強的意志，都是重要的課題。家庭教育的單調、學校教育的局限、社會教育的不足，使孩子們面對許多新問題感到困惑。而文學名著向小讀者展現豐富的世界，通過書中具體的形象、曲折的情節，學會觀察人、人與人的關係，和錯綜複雜的社會矛盾。可以說，文學名著是人生的教科書，它像顯微鏡一樣，照出人的內心世界和感覺。通過書中人物的命運，了解社會，體會人生，不知不覺地得到啟迪心靈的鑰匙。而名著中文學的美，語言的美，更是滋潤心田的清泉。

　　然而，對於年紀尚小的讀者來說，這些作品原著的篇幅有些長，這套縮寫本既保留了原著的精髓，又符合小讀者的能力和程度，是給孩子開啟文學大門的最佳選擇。

著名兒童文學作家
冰心獎評委會副主席　葛翠琳

《小王子》於1943年在紐約出版後，轟動全球，被譽為全世界閱讀普及率最高的小說，僅次於《聖經》一書。

《小王子》為什麼有這麼大的魅力？它的迷人之處在哪裏？它是一本童話？一則寓言？一篇小說？一個故事？一件實事？

可以說，它什麼都是，又什麼也不是。在世間的每個大人小孩都應讀讀它，反覆讀，你會發現在不同年齡讀，會有不同的感受。

書中的「我」和作者一樣，是名飛行員，意外被困在沙漠中。小王子離開了他深愛的卻又折磨着他的花兒（正像作者那麻煩多多的任性嬌妻），在訪問各星球時閱歷人生。睿智的狐狸教曉他重要的人生哲理。最終小王子的離去給「我」帶來無限傷痛，有人說這是作者在紀念他那十四歲夭折的摯愛的弟弟……

本書文字淺白、故事簡單、敍述清晰，但內涵豐富、哲埋深刻、清新感人。讀了它會使你檢視反省：隨着你的一天天長大，你是否在失去一些東西——童心、純真、想像力？讀了它，你會常常抬頭仰望天空，尋找屬於你的那顆星星。你會感受到心靈的無限甜美，因為你認識了小王子！

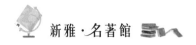

第一章
巨蟒吞象圖

我六歲的時候，有一天，我在一本描寫原始森林的書《自然界的真實故事》中，看到一幅奇特的圖畫。畫面上有一條大蟒蛇正在吞食一隻動物，書上說：「巨蟒往往不加咀嚼地吞下牠的獵物。然後牠就動彈不得，需要睡上六個月才能把肚子裏的食物消化掉。」

這使我深深陷入對**叢林**①探險的幻想，於是我用一枝顏色筆完成了我平生的第一幅畫。我的第一號作品就是右面的這幅圖畫。

我把這幅得意傑作拿給大人們看，問他們是不是被它嚇壞了。

知識泉

蟒蛇：無毒的大蛇，體長可達六米，頭部長，口大，舌的尖端有分叉，背部黑褐色，有暗色斑點，腹部白色，多生活在熱帶近水的森林裏，捕捉小禽獸。也叫蚺蛇。

---

①**叢林**：許多大樹聚生在一起，形成茂密的樹林。

　　可是他們回答說：「嚇壞？一頂帽子有什麼可怕的？」

　　我畫的不是帽子，是一條巨蟒正在消化一頭大象！唉，既然大人們看不懂，我就另畫一幅：我畫出了大象在蟒蛇肚子內部的情況，這樣大人們就能看清楚了。他們總是要求把事情解釋得一清二楚的。看，這就是我畫的第二幅畫。

　　這次，大人們的反應是：勸我把這些蟒蛇肚子內部和外部的畫擱在一邊，用心去攻讀地理、歷史、算術和語法。正是這個原因，使我在六歲時就放棄了當一名畫家的美好理想。我那第一號和第二號作品的失敗使我很傷心。大人們從來不會自己去試圖了解事情，而要小孩子一再向他們解釋，煩不煩人哪！

　　於是我選擇了另一種職業：學開飛機。我幾乎飛遍了世界各地，地理知識確實對我相當有用，我一眼就能分辨出哪兒是中國、哪兒是**阿利桑那**[①]。假如有

[①]**阿利桑那**：美國本土四十八個州中的一個州，位於西南部。

人在夜間迷了路，這樣的知識是很珍貴的。

　　我這一生中碰到過不少實事求事的人，我曾經和一些大人們一起生活很久。我仔細地觀察他們，用心研究他們，但始終改善不了我對他們的觀感。

　　每一次，當我遇到一個看來聰明的人時，我就做一次實驗──把我一直藏在身邊的第一號作品拿給他看，試試他是否具有真知灼見。可是，無論是男是女，他們總是說：

　　「那是一頂帽子。」

　　於是，我再也不會和這個人談什麼蟒蛇、原始森林和星星之類的事了。我會把自己降到他的水平，與他大談特談橋牌呀、高爾夫球呀、政治呀、領帶呀……能遇到像我這麼一個善解人意的人，大人們都會很高興的。

第二章
認識小王子

我一個人孤獨地生活着，沒有一個可以真正推心置腹的朋友，直到六年前的某一天。我的飛機在撒哈拉沙漠失事，因為引擎發生了故障。我身邊沒有技師，也沒有乘客可以幫忙，只得自己動手來做這艱難的修理工作。對我來說這是一件生死攸關的事：我只有勉強可以維持一星期的食水，而這裏千里之內渺無人煙。

第一晚我是睡在沙地上度過的，我簡直比翻船後抓住救生筏漂浮在大海中的水手還要孤立無援。所以，黎明時分當我被一種奇異的細小聲音喚醒時，你可想像得出我是多麼的驚訝：

「請你⋯⋯請你替我畫一隻綿羊！」

「什麼？」

知識泉

撒哈拉沙漠：阿拉伯語意為「大荒漠」，是非洲北部乾燥區的總稱，世界最大沙漠，面積約八百萬平方公里，跨多國國境。

「替我畫一隻綿羊！」

我像遭到雷擊般地跳了起來，驚恐萬狀。我揉了揉雙眼，四下張望，看見一個奇怪的小人兒，站在那裏認真地審視我。

這裏你可以見到我日後憑記憶為他補畫的一幅像，是我盡力畫得最好的，但怎麼也不如他本人那麼可愛。

這可不能怪我呀！在我六歲的時候，大人們就已經摧毀了我那當一名畫家的夢想，因此我除了畫蟒蛇的內部和外部那兩幅畫之外，從沒學過畫什麼。

此刻，我瞪大雙眼盯看這個突然冒出的小精靈，吃驚得眼珠也幾乎彈出來。要知道，我是在千里之內荒無人跡的沙漠裏飛機失事的，而眼前這小傢伙看來不像是在沙漠中迷了路，也毫無疲憊、飢渴或懼怕的模樣，那他是怎麼來這裏的呢？等我終於能平靜下來開口說話時，便問他：

「你……你在這兒幹什麼？」

他並不回答我的問題，只是緩慢地再次重複他的話，鄭重其事地：

「請你……請你替我畫一隻綿羊……」

事情發生得太神秘太突然，以致你不敢不聽命。對我來說這真是一件荒謬可笑的事——身處荒漠，面臨生死存亡的危急關頭，卻還從口袋裏掏出一張紙和**自來水筆**[①]來準備畫羊！但是，我想起以前自己在學習上的工夫都花在地理、歷史、算術和語法上了，便告訴那小男孩說（帶點兒賭氣的意思）我不會畫畫。他回答道：

「不要緊，替我畫一隻羊吧……」

但我從來沒畫過羊。所以我給他畫了我那拿手的兩幅畫中的一幅，就是只見到蟒蛇外部的那幅。這小傢伙看了畫後的反應把我給震住了：

「不，不，不！我不要肚子裏裝着大象的蟒蛇，蟒蛇是一種兇險的動物，而大象又太笨重。在我住的地方，所有東西都很小很小。我要的是羊，給我畫一隻綿羊吧！」

我就畫了一隻羊給他。

[①] **自來水筆**：鋼筆的一種，筆桿內有貯存墨水的裝置，吸一次墨水可以連續使用一段時間。

他仔細看了之後說：「不行，這隻羊病得很重，給我重新畫一隻吧。」

我就又畫了一隻。

我那朋友溫和地笑了笑，寬容地說：

「你自己看嘛，這不是綿羊，這是頭公山羊，頭上還有角呢。」

我只好拿起筆來再畫。

與上兩張一樣，這張也沒通過。

「這隻羊太老了，我要一隻能活得長些的。」

這下我不耐煩了，我急着要拆飛機引擎呢。我就草草地畫了這張畫，解釋給他聽：

　　「這是裝羊的箱子，你要的綿羊就在裏面。」

　　真想不到，這位小評論家臉露喜色：

　　「這正是我想要的！你説，這隻羊要吃很多很多草嗎？」

　　「怎麼啦？」

　　「因為在我們那裏，所有的東西都是很小很小的⋯⋯」

　　「一定會有足夠的草給牠吃飽的，」我説，「我給你畫的是一頭很小很小的羊。」

　　他俯身在畫上看了看：

　　「不太小哇。你看！牠睡着了⋯⋯」

　　這就是我認識小王子的經過情況。

第三章
你從哪兒來？

　　我花了好長時間才弄明白他是從哪兒來的。這位小王子向我提了很多問題，卻對我的問題充耳不聞。我是從他的隻字片語間漸漸了解到一切的。

　　比方説，他第一次見到我的飛機時（我就不畫我的飛機了，因為這對我來説太複雜），就問道：

　　「這是什麼玩意兒？」

　　「這不是什麼玩意兒，它會飛，這是一架飛機，是我的飛機。」

　　讓他知道我會駕駛飛機，我洋洋得意。

　　他叫了起來，説：

　　「什麼！你是從天上掉下來的？」

　　「是啊。」我謙遜地答道。

　　「哈，那真有趣！」

　　小王子爆發出一連串銀鈴般的笑聲。他的笑聲雖可愛，卻使我感到很不快。我希望人們比較嚴肅地來

看待我的不幸遭遇。

　　他接着説：

　　「那麼，你也是從天上來的！你是哪個星球上的？」

　　在這一瞬間，關於他的神秘出現在我腦中忽然有所頓悟，我急急問他：

　　「你是從別的星球上來的嗎？」

　　他沒有回答，只是緩緩地揚起頭，目光一直沒離開我的飛機：

　　「真是的，乘坐那樣的東西，你不可能從很遠的地方來……」

　　他陷入沉思良久。後來，他從口袋裏掏出我畫的羊，靜靜地凝望着它，久久沒出聲。

　　你可以想像得出，這個似真似假的「別的星球」之説是如何激起了我的好奇心，所以我繼續努力試探，想知道得更多些。

　　「我的小人兒，你是從哪裏來的？你説的『我住的地方』是什麼地方？你想把你的羊帶到哪兒去？」

　　靜默了一會兒後他答非所問地説：

「你給我畫的箱子很好，晚上牠可以睡在裏面。」

「是啊。假如你乖乖的，我還會給你一條繩，白天你就可以把牠拴起來，當然，我會給你一根拴羊的**木樁**[①]。」

但是，看來小王子對我的建議感到震驚：

「把羊拴起來！多麼奇怪的念頭！」

「不拴起來的話，牠會到處亂跑，會走失的。」我說。

我的朋友又哈哈大笑：

「你以為牠會跑到哪兒去？」

「哪兒都可能。牠會一直向前跑呀。」

小王子很認真地說：

「不要緊的。在我住的地方，所有的東西都是那麼小！」

然後，他有點傷感地補充道：

「一直向前，誰也走不了多遠……」

[①]**木樁**：一端或全部埋在土中的木柱，多用於建築或做分界的標誌。

第四章
小王子的行星

　　由此我獲知了第二件重要的事實：小王子居住的星球，幾乎不比一所房屋大！

　　這並不會使我感到很吃驚。我知道得很清楚，除了地球、木星、火星、金星等已經被命名的大行星之外，還存在着千千萬萬個其他行星，有些小得用望遠鏡也難以看到。每當一位天文學家發現了其中的一顆，他不會給它起名，而只是用個號碼來代替。比方說，他會稱它是「325號小行星」。

　　我絕對有理由相信，小王子來自的那個星球叫B612號小行星，它只被人看到過一次：那是在1909年由一位土耳其天文學家用望遠鏡觀測到的。

> ### 知識泉
>
> 行星：沿不同的橢圓形軌道繞太陽運行的天體，本身不發光，只能反射太陽光。太陽系有八大行星，按離太陽由近而遠的次序，依次是水星、金星、地球、火星、木星、土星、天王星和海王星。除此之外，還有許多小行星。

小王子

　　當時，這位天文學家把他的發現呈給國際天文學會，並加以詳細的說明。但他那時穿着土耳其的傳統服飾，所以沒有人相信他所說的。

　　大人們都是這樣的……

　　幸運的是，為了B612號小行星的聲譽，土耳其的一位獨裁者立法規定他的臣民必須改穿歐洲服裝，違者處死。於是在1920年，這位天文學家再次在國際天文學會作他的發現新星報告。這次他穿着剪裁合身、高貴優雅的西裝，於是每一個人都接受了他的報告。

　　我不厭其煩地告訴你這顆小行星的詳情，並為你記下它的編號，這完全是為了順應大人們的需要和他們的辦事方式。大人們都喜歡數目字。當你告訴他們你有了一個新朋友，他們從來不會向你提出一些實質性的問題，他們不會問你：「他的聲音聽起來怎麼樣？他最喜歡什麼運動？他收集蝴蝶嗎？」相反：他們只想知道：「他多大了？有幾個兄弟？他體重多少？他父親的收入是多少？」似乎只有通過這些數字，他們才認為自己是真正認識了他。

　　假如你對大人們説：「我看見一座漂亮的房子，那是用玫瑰色磚砌成的，窗口爬滿天竺葵，房頂上還有鴿子……」他們根本不可能對那座房子獲得什麼具體的概念。你必須這樣告訴他們：「我看見一座價值兩萬美元的房子。」這樣他們定會驚呼：「天哪，那是多麼漂亮的一座房子啊！」

　　同樣的情況，假如你對這些大人們説：「小王子存在的證據是：他很可愛，他會大笑，他在尋找一隻綿羊。若是有人想要一隻綿羊，那就證明這個人是存在的。」可是，告訴他們這些有什麼用呢？他們會聳聳肩膀，把你看作是個不懂事的小孩子。但是，若是你對他們説：「小王子是從B612號小行星上來的。」那樣他們才會相信你的話，就不會再用很多問題來煩擾你，你才能獲得清靜。

　　他們就是這樣的囉，你也不必去和他們計較這些。小孩子對大人們是應該更寬容些的。

　　當然啦，對我們這些了解生命意義的人來説，數字是無關緊要的東西。我曾經想用時下流行的童話形式來開始講這個故事，或許我應該這樣開頭：「很久

很久以前有一個小王子，他所住的星球簡直比他本身大不了多少，他需要一隻綿羊⋯⋯」

對那些明白人生真諦的人來說，這樣的開頭可以給我的故事增添更強的真實性。

我不希望人們漫不經心地來讀我的書。在記述這些回憶的過程中，我已經忍受了多大的痛苦啊。我的朋友帶着他的綿羊離我而去，至今已是整整六年了。我在這兒試着來描述他，為的是確實肯定我不應忘記他。忘掉一位朋友是件可悲的事。不是每一個人都曾經有過朋友的。假如我忘了他，那我就會和那些大人們一樣了——除了數目字以外，對任何事情都不感興趣⋯⋯

也正是出於這個目的，我去買了一盒顏料和幾枝鉛筆，打算憑記憶把我的朋友畫下來。在我這個年紀要再次拿起畫筆，是件相當困難的事。何況我只是在六歲那年畫過蟒蛇外部和蟒蛇內部的兩幅畫，除此以外就什麼也沒畫過。自然，我是要盡可能使我畫的肖像畫看來像真人一樣，但我對成功毫無把握。有一幅畫看來不錯，但另一幅就簡直不知所云。在描繪小

王子的高度上，我也犯了不少錯誤：有時把他畫得太高，有時卻顯得太矮。對他所穿衣服的顏色，我也不十分肯定，下筆時很猶豫。所以我只能盡力去做，時好時壞，我希望大致上保持在還過得去的中等水平上。

我很可能在一些重要的細節上出了錯，但那並不能怪罪於我。因為我的這位朋友從來不向我解釋任何事情，也許這是因為他以為我和他是同一類的。可是我呀⋯⋯天哪！我可不知道怎樣透過盒子看到裏面的綿羊。也許我開始有點兒像大人了，我是注定要長大的呀。

第五章
猢猻麵包樹的災難

　　日子一天天過去，從我們的談話中我知道了小王子更多的事：關於他的星球、為什麼離家出走，和他在旅程中的遭遇。這些資料收集得非常緩慢，因為都是從他偶然的回想中得來的。也正是通過這個方法，在第三天我獲悉了猢猻麵包樹的災難。

　　這一次的收穫，又得多謝綿羊的幫忙。事情是這樣開始的：

　　小王子滿腹狐疑地突然問我：「聽說綿羊會吃小灌木，這是真的嗎？」

　　「是的，是真的。」

　　「喔，我真高興！」

　　我不明白，為什麼綿羊吃小灌木這件事對他來說這麼重要。但是小王子接着又問：

　　「那麼說，牠們也吃猢猻麵

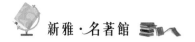

包樹的吧？」

我向小王子指出，猢猻麵包樹可不是什麼小灌木，與此相反，那是大得像座城堡樣的巨樹。若是他帶領一羣大象來吃，恐怕一羣象也吃不掉一棵猢猻麵包樹。

我提到的一羣大象的比喻逗得小王子哈哈大笑。

「我們只能把這些大象一頭一頭疊起來才行。」他說。

然而，他接着說了一句聰明的話：

「猢猻麵包樹也是從小樹長大的呀，那麼可以在它們還沒長大之前吃掉！」

「你說得完全正確，」我說，「可是，你為什麼非要那些大象去吃掉小猢猻麵包樹呢？」

這次他立即應聲回答我說：「咳，算了，別說了！」好像他是在說一件理所當然的事，不值得為之爭辯。於是，我又得不到任何提示，只好自己絞盡腦汁苦思苦想，努力去設法尋找這個問題的答案了。

據我所知，在小王子居住的星球上，生長着好的植物和壞的植物，如同在其他星球上那樣。結果呢，

好的植物結出好的種子，壞的植物自然就結出壞的種子。但是，這些種子是看不到的，它們深深地沉睡在地心的黑暗之中，直到有一天，它們之中的一員突然產生了蘇醒的願望，這顆小小的種子挺直了腰板，開始羞答答地向着太陽伸出一根楚楚動人的嫩芽。假如那是根蘿蔔或是玫瑰花的幼芽，也許人們就讓它任意生長；但如果那是一極有害的植物，人們就會在一認出它之後，馬上把它摧毀。

現在看來，在小王子視為家園的那個星球上，存在着一些可怕的種子，這些就是猢猻麵包樹的種子。星球上的所有土壤全被它們佔據了。猢猻麵包樹極為討厭，你一旦動手遲了，就永遠也別想擺脫它們。它們會迅速蔓生到整個星球，它們的根能穿透星球。若是星球本身不大，而上面長了太多猢猻麵包樹的話，那麼很可能有朝一日，星球會被裂成碎片……

「這其實是個紀律的問題，」小王子後來對我解釋說，「每天早上，當你把自己梳洗打扮好後，就該把你居住的星球也好好梳洗打扮一下。就是這樣，要極其謹慎小心地來做這件事。你要仔細分辨哪些是

玫瑰花苗，哪些是猢猻麵包樹苗，因為它們看起來是很相似的。當你認清那些猢猻麵包樹苗後，就要立刻毫不留情地把它們全部拔掉。這是一件單調乏味的工作，」小王子又加了一句，「可是做起來很簡單。」

一天，他對我說：「我想，你應該畫一幅漂亮的圖畫，這樣，住在你們星球上的孩子看了之後，就會明白猢猻麵包樹是怎麼一回事。如果以後他們有機會出門旅行，就會對他們很有用。」他又說：「有時候，把一些工作延遲幾天做，是沒有害處的；但是假若這是關連到猢猻麵包樹的事的話，那就意味着會釀成大災難。我知道有一個星球上住着一個懶漢，他忽略了三棵猢猻麵包樹的幼苗，於是……」

我一邊聽小王子描述這件事，一邊把那個星球畫了出來。我一向不大喜歡用一種**道學家**[①]的口吻來說話，但是人們對於猢猻麵包樹的潛在危害性知道得實在太少，若是有人在某個星球上迷失了的話，他就很可能要遭遇到這樣的危險了。

[①]**道學家**：形容過於拘執、古板迂腐的人。

　　所以，這次我就破例地打破沉默開了口：「孩子們，」我極為明確地説道：

　　「當心猢猻麵包樹！」

　　我的朋友們和我一樣，長期以來根本無視這種日益迫近的危險的存在，我們甚至聽也沒聽説過猢猻麵包樹的名字。因此，正是為了朋友們，我盡心盡力地畫這幅畫。如果人們能從這幅畫中得到一些啟示，學到一些教訓，那麼我所費的心血和努力都是值得的。

　　也許你會問我：「為什麼這本書裏的其他插圖，都不如猢猻麵包樹這幅畫那樣雄偉壯觀，給人留下深刻印象？」

　　答案很簡單：我努力嘗試過，但是其他的畫都不成功。當我畫猢猻麵包樹的時候，心中有一種強烈的迫切感和責任感在激勵着我，使我獲得了工作的動力，所以才畫得比較出色吧！

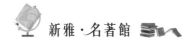
第六章
觀賞日落

　　哦，我的小王子！漸漸地我開始了解你那憂鬱的小小生命中的秘密了……

　　長久以來，你唯一的消遣就是獨自靜坐，觀看日落，享受寧靜的愉悅。我是在第四天的早上才知道這個新的細節的，當時你對我說：

　　「我很愛看日落。走，現在我們一起去看日落。」

　　「可是，我們得等等呀。」我說。

　　「等？為什麼要等？」

　　「等日落呀，現在還不到太陽下山的時候。」

　　一開始，你顯得十分驚訝。然後，你自顧自地笑了起來，你對我說：

　　「我總是以為自己還是在家裏呢。」

　　事實是如此。人人都知道世界各地的時間是有差異的：當美國是紅日高照的中午時分，在法國已是

夕陽西下了。要是你能在一分鐘之內飛抵法國，你就可以從中午直接進入黃昏，見到日落。可惜的是法國離我們太遠了，所以這是不可能的事。但是在你的小星球上，我的小王子，你只需把你坐的椅子稍稍挪動幾步就可以了。只要你喜歡，你隨時可以見到白天消逝、黃昏降臨……

「曾經有一天，」你告訴我說，「我看了四十四次日落！」

過了一會兒，你又說：

「你知道的——當一個人心裏悲傷的時候，就愛看日落。」

「那麼，那天你心裏很悲傷？」我問道，「就在你看了四十四次日落的那天？」

這次，小王子沒有回答我。

第七章
什麼是重要的事情？

在第五天——跟以前一樣，多虧綿羊的緣故——我又進一步窺探到小王子身世之謎。他毫無來由地突然問了我一個問題，看來這個問題在他腦中已靜悄悄地醞釀了很久。他問道：

「一隻綿羊假如牠吃小灌木，那牠也會吃花的了？」

「一隻綿羊，」我回答說，「任何牠能觸及的東西都會吃。」

「即使是帶刺的花？」

「是的，甚至是帶刺的花。」

「那麼，這些花的刺……它們有什麼用處呢？」

我不知道該怎樣回答他。那時，我正在設法擰鬆一顆卡在引擎裏的螺絲釘，忙得滿頭大汗，內心又充滿憂慮——因為我清楚見到，飛機的損毀程度很嚴重，而我的食用水所剩不多，我不得不擔心最壞情況

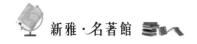

的發生。

「那些刺——它們有什麼用？」

小王子一旦提出問題，就不會善罷甘休。而我當時正被那顆螺絲釘搞得狼狽不堪，便不加考慮地脫口而出：

「那些刺是根本沒用的，花兒長刺是心懷惡意的。」

「噢！」

一剎那間誰也沒出聲。然後，小王子忿忿地反擊我：

「我不相信你！花兒是很柔弱的生物，它們是天真無邪的。它們盡最大可能來確保自身的安全，它們認為身上的刺是自保的銳利武器……」

我沒回答他。那時我正在自言自語：「假如這顆螺絲釘仍是擰不鬆，我就要用錘子把它敲出來。」小王子卻再一次打擾了我的思緒：

「而你確實相信花兒……」

「噢，不！」我叫道，「不，不，不！我什麼也不相信！我只是隨口回答你的問題而已。你沒看見我

正在忙些重要的事情呢！」

　　他受到了驚嚇，瞪眼望着我：

　　「重要的事情？」

　　他站在那裏打量着我。我手裏拿着一把錘子，手指被機油染得漆黑，俯身在看一樣在他看來是其醜無比的物件……

　　「你説話就像那些大人一樣！」

　　這句話使我感到有點羞愧。可是他繼續毫不客氣地説着：

　　「你把事情都攪在一起……你把什麼都弄混了……」

　　他真的十分生氣。他把頭往後一甩，一頭金色的鬆髮在微風中飄動。

　　「我知道有一個星球上住着一位臉色紅紅的紳士，他從來沒有去嗅過一朵花，從來沒有抬頭望過星星一眼，從來沒有愛過任何人。在他的一生中，除了不停地把數目字加起來以外，沒做過其他什麼事。他整天翻來覆去説的話就跟你剛才説的一樣：『我在忙些重要的事情呢！』這使他自己得意極了。可是他不

能算是一個人——他是一隻**磨菇**①！」

「一隻什麼？」

「一隻蘑菇！」

盛怒之下，小王子激動得臉色蒼白。

「花兒們幾百萬年以來都長着刺，同樣地，羊兒們幾百萬年以來都吃着花。為什麼花兒要辛辛苦苦地長出那些對它們毫無用處的刺？想辦法去弄明白這個問題難道不是件重要的事情嗎？綿羊和花兒之間的這種爭鬥不重要嗎？難道這些都不比那個紅臉胖紳士的數目字重要？如果我知道——只是我，我自己——世界上有朵獨一無二的花，不是長在別處，而是長在我的星球上，可是有一天早上，一頭綿羊一口就能把它毀了，而綿羊卻沒意識到自己在做些什麼——噢！你認為那是不重要的嗎？」

他繼續説下去，臉色漸漸由蒼白轉為紅潤：

「如果有人愛着一朵花，那是浩瀚星空中唯一

---

① **蘑菇**：在這裏是個雙關語。「蘑菇」一詞在英文裏也有「暴發戶」的意思，蘑菇在雨後突然滋生，好比暴發戶一夜之間發財致富。在此小王子諷刺商人只知計數賺錢，忽略了生活中美好的重要的東西。

盛開的一朵花。他只要抬頭仰望星星，就足以使他快樂。他能對自己説：『在某個地方，我的花兒就開在那兒……』可是，假如一頭綿羊吞吃了這朵花，他的星空即刻就黯淡無光……然而你卻認為那不重要！」

他説不下去了，抽泣得説不出一個字來。

夜已來臨。我任憑手中的工具滑落到地上。此刻，我的錘子、我的螺絲釘，或是飢渴、死亡，又有什麼重要呢？在一顆星星上，一顆星球，我的星球，也就是在這個地球上，有一位小王子需要安慰。我把他摟在懷裏，輕輕搖着。我對他説：

「你愛的那朵花不會有危險的。我會給你的綿羊畫一個口套①，我會給你畫欄杆，把你的花圍起來，我會……」

我不知道還該對他説什麼，感到自己笨拙又魯莽。我不知道該怎樣接近他，在哪兒可以趕上他，再和他手拉手往前走。

眼淚之鄉，是一個多麼神秘的地方。

---

①口套：罩住狗、馬等動物的口、鼻部的皮套子，也叫口絡。

第八章
一朵驕傲的花

　　過不多久，我就對小王子的這朵花有了進一步的認識。

　　在小王子所住的星球上，花兒通常是很單純的：它們的結構簡單，一般都是些單瓣花；它們只佔用很少的地方，不需要大大

單瓣花：花瓣只有一層的花，與之相對的多層花瓣的叫複瓣花。

的空間；它們從不要求人們做什麼，不會給任何人帶來麻煩。某個清晨，它們會在草叢中悄悄出現，靜靜地開放；到了晚上，它們也就無聲無息地凋謝了、消失了。

　　可是有一天，不知道從哪兒飄過來一粒種子，這粒種子發出了芽，看起來像是一個新品種。小王子密切注意者這棵幼苗的成長，他看出它與這星球上的其他植物的幼芽不同。他想，也許這是獅猻麵包樹的新品種呢！

但是這株植物很快就停止生長，並且開始準備開花。一朵碩大的花蕾形成的時候，小王子也在場。當時他就有一種奇妙的感覺，覺得立刻就要有什麼奇跡從中產生。

但是這朵花還躲在自己的綠色小**閨房**^①裏忙着打扮自己呢。她細心地挑選着適合自己的顏色，她慢慢地穿着衣裳，她把花瓣逐一整理好。她可不要像那些田野中的虞美人一樣，披頭散髮地來到世界上。她一心想讓自己一出現就光彩照人，豔壓羣芳。噢，沒錯！她本來就是千嬌百媚，何況又躲起來精心裝扮了好幾天哩！

> **知識泉**
>
> **虞美人**：植物名，也稱「麗春花」，罌粟科，夏季開花，花瓣四片，顏色鮮豔，朱紅、紫紅、深紫或白色。它繁殖力強，常生長於農田，在歐洲農田被視為是一種雜草。

然後，在某日清早，正是旭日東昇時分，她突然亮相了。

在一番悉心打扮之後出現的她，嬌慵地打着呵欠說：

---

^①**閨房**：舊稱女子居住的內室。

「啊，我還沒睡醒呢。請原諒，我的花瓣還沒有好好整理，亂七八糟的呢……」

可是小王子已經情不自禁地讚歎道：

「噢，你真美呀！」

「可不是嗎？」花兒甜甜地回答，「而且，我是和太陽在同一時刻出生的呢……」

小王子不難看出，這朵花兒不是那麼謙虛。可是她——卻是這樣動人心弦、令人興奮啊！

「我想，該是用早餐的時候了，」花兒停了一會兒又說，「如果你細心的話，應該考慮到我的需要……」

小王子頓時覺得羞愧萬分，趕快去找了一個灑水壺，裝滿了清水後，來為花兒澆水。

從此，他就照料這朵花兒。

也是自此開始，她就用她的虛榮心來千方百計地折磨他——說真的，這件事還真不易對付呢。譬如說，有一天，當她談到她身上的四根刺的時候，她對小王子說：

「讓那些老虎帶着牠們的爪子來試試吧！」

「在我的星球上是沒有老虎的，」小王子提出異議，「而且，老虎是不吃雜草的。」

「我不是雜草。」花兒嬌嗔地回答。

「請原諒……」

「我根本不怕老虎，」花兒説，「但是我怕風。我想，你還沒有為我準備一道屏風吧？」

知識泉

屏風：用以擋風或隔斷視線的用具，有的單扇，有的多扇相連，可以折疊。

「怕風？——對一棵植物來説，真是不幸的事。」小王子説。

唉，這朵花真是難以對付……小王子喃喃自語。

「到了晚上，你要把我放在一個玻璃罩裏。你住的這個地方太冷了，我從前住的地方……」

她自己突然停下嘴來不説了。因為她來到這裏的時候，只是一粒小小的種子，不可能知道其他世界的任何事情的。一個天真的謊言差點害得她下不了台來。為了掩飾自己的窘態，她乾咳了幾聲，想轉移小王子的注意力。她問道：

「屏風呢？」

「你剛向我說起這件事，我正要去找……」

花兒又用力乾咳了幾聲，好讓小王子更加自責。

於是，小王子雖然仍是懷着一片好意去關懷她，

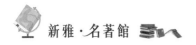

卻也很快對她產生了猜疑。他把一些並非重要的小事看得很認真，這使他常常很不快樂。

「我當初就不該聽她的，」一天，小王子主動向我傾訴，「一個人絕對不應該去聽花兒的話，而只是欣賞她們、聞聞她們的香味就夠了。我的小星球上到處洋溢着花兒的芳香，但我不知道該如何享受這份高貴的美。關於老虎爪子的那個故事，本應使我心頭充滿憐憫和柔情，但現在卻令我感到不勝困擾。」

他繼續吐露他的心聲：

「事實上，我不知道應該怎樣去了解每件事情！應該從行動來作出判斷，而不是聽信花言巧語。她用她的芳香和魅力來征服我，我真不該就這樣離她而去……我本應猜到，她所使用的那些可憐的小伎倆背後，隱藏着的是款款深情。花兒是多麼矛盾啊！只怪我自己當時太年輕，不知該如何去愛她……」

第九章
小王子出走

　　我相信，小王子的出走是利用了一羣野鳥遷居的
機會。

　　在他離開的那一天早上，他把他的星球收拾得整整齊齊的。他極其仔細地打掃了他的活火山——他擁有兩座活火山，早上用它們來做早餐倒是挺方便的。他也有一座死火山，正像他說的：「誰也不知道它將來會怎樣呢！」所以他也把這座死火山打掃得乾乾淨淨的。打掃乾淨的火山會慢慢燃燒，保持穩定，不會爆發。火山爆發和煙囪裏冒火的道理是一樣的。

　　在地球上，我們人類顯然是太渺小了，不可能

去打掃我們的火山。正是因為這個原因，火山帶給我們無窮無盡的麻煩。

知識泉

活火山：在人類歷史時期經常或週期性地噴發的火山。

死火山：在人類歷史記載中沒有噴發過的火山。

小王子懷着沮喪的心情拔除了猢猻麵包樹的最後一棵幼苗。他深信，他再也不想回來了。在這星球的最後一個早上，所有平日慣做的工作對他來說都是彌足珍貴的。當他最後一次提起水壺澆花，並且打算把花兒放在她的玻璃罩裏時，他覺得自己的眼淚就要奪眶而出了。

「再見了！」他對花兒説。

可是花兒沒有回答。

「再見了！」他又説了一次。

花兒咳了起來，這可不是她患了感冒的緣故。

「我一直都太傻了，」最後她開口説，「請你原諒我。快樂起來吧……」

小王子很驚訝地發現，這一次她的話裏沒有半點指責的意思。他愣在那裏，一臉狐疑，手裏的玻璃罩舉在半空中。他不理解這平靜的柔情。

「我當然是愛你的，」花兒對他説，「一直沒有讓你知道，這是我的錯。那也無關緊要。不過，你——你也和我一樣傻！努力使自己快樂起來吧……不要管那個玻璃罩了，我再也不需要它了。」

「可是，那風……」

「我的感冒並不那麼嚴重……夜晚那清涼的空氣會對我有好處的。我是一朵花呀！」

「可是，那些動物……」

「沒事的。要是我想跟蝴蝶交朋友的話，那我必須忍受兩三條毛毛蟲的干擾。而蝴蝶看起來是那樣漂亮，值得這樣做。何況，要不是有蝴蝶——還有毛毛蟲——作伴，誰會來探望我？你遠走高飛了……至於那些大動物嘛——其實我是根本不怕牠們的。你看，我有我的爪子！」

説着，她天真地展示自己身上的四根刺。接着又説：「別再這樣拖拖拉拉了。你已經決定要走，現在就走吧！」

因為她不願讓小王子見到她哭。她是一朵如此驕傲的花兒……

第十章
愛下命令的國王

　　小王子發現，與他的星球相鄰的有行星325號、326號、327號、328號、329號和330號，於是他決定逐一拜訪這些鄰居，以增廣見聞。

　　他拜訪的第一個小行星上住着一位國王。這位國王身穿紫色的貂皮皇袍，坐在一張很樸素、卻很有氣派的寶座上。

> **知識泉**
>
> *貂皮*：珍貴毛皮。貂是哺乳動物的一屬，身體細長，四肢短，耳朵三角形，聽覺敏銳，種類很多，紫貂最珍貴。

　　「啊！來了一個部下！」當國王看見小王子來到時，大聲叫了起來。

　　小王子好奇地問自己：

　　「他以前從來沒有見過我，怎麼會認識我呢？」

　　小王子不知道，所有的國王都把世界簡單化了。對他們來説，除了自己以外，其他人都是他的部下。

　　「走近點，這樣我可以把你看得清楚些。」國王

説。他感到無比自豪，因為他終於可以成為別人的國王了。

小王子環顧四周，想找個地方坐下來。可是整個星球都被國王那件華麗高貴的貂皮皇袍塞滿了，所以他只好仍舊站着。

小王子實在太累了，他就打了一個呵欠。

「在國王面前打呵欠是極為無禮的，」他的君主對他説，「我禁止你這樣做。」

「我實在忍不住了：我沒辦法控制自己。」小王子回答道，感到很不好意思，「我走了很長很長的路來到這裏，一路上都沒睡覺……」

「噢，那麼，」國王説，「我命令你打呵欠。我已經好幾年沒看見別人打呵欠了。呵欠，對我來説是新奇的玩意兒。來，來！再打一個呵欠！這是命令。」

「這真是嚇着我了……我再也打不出呵欠來了……」小王子**囁嚅**①着，滿臉通紅。

---

①**囁嚅**：有話想説又不敢説，吞吞吐吐的樣子。

「哼！哼！」國王回答説，「那麼，我——我命令你有時候打呵欠，有時候⋯⋯」

他口沫橫飛，顯得有點不大高興。

因為作為國王，他基本上要堅持的是，他的權威必須得到尊重。他不能容忍別人不服從。他絕對是個專制的人，可是他也是一個很好的人，所以他發布的命令都是合情合理的。

「如果我命令一位將軍，」國王舉例説，「如果我命令他把自己變成一隻海鳥，而他不服從的話，那不是將軍的錯，那是我的錯。」

「我可以坐下來嗎？」小王子怯生生地問道。

「我命令你坐下。」國王回答説，並且威嚴地把自己的長袍稍稍收攏了一些。

可是小王子心存疑問——這個星球小得可憐，這位國王有什麼好統治的呢？

「陛下，」小王子對國王説，「請您允許我向您提個問題——」

「我命令你向我提個問題。」國王連忙允許。

「陛下，您——您在統治些什麼呀？」

「統治一切。」國王簡潔有力地回答道。

「統治一切？」

國王作了一個手勢，示意他的統治範圍包括他的行星、其他的行星，以及所有的星球。

「全部都是？」小王子問。

「全部都是。」國王答道。

因為國王的統治不僅是至高無上的，而且還遍及全宇宙。

「那麼，那些星星也服從您嗎？」

「他們當然服從的，」國王說，「他們對我的命令從不敢稍有怠慢，我絕不允許違旨抗令的事發生。」

這麼大的權力使小王子驚歎不已。假如他能掌握這樣的大權的話，他可能每天就不止於看四十四次日落，而是七十二次，甚至一百、兩百次，他連椅子都不用挪動了哩。

由於想到日落，小王子回憶起被自己拋棄的小星球，不禁悲從中來，他鼓足勇氣向國王請求道：

「我很想看日落……請您幫幫忙……命令太陽下

山⋯⋯」

「如果我命令一位將軍像隻蝴蝶那樣，在花叢中飛來飛去；或是命令他寫一個悲劇劇本；或是要他把自己變為一隻海鳥⋯⋯而那將軍對他收到的命令不能付之實踐。那麼，我們兩人之中是誰犯了錯？」國王問道，「是那將軍，還是我自己呢？」

「是您。」小王子肯定地說。

「絕對正確。人們要求別人做的事，必須是他辦得到的。」國王繼續說下去，「權威要被人接受，首要的條件是要合乎情理。假如我命令我的百姓們去跳海，他們一定會起來造反。我有權要求人們服從我的命令，因為我的命令都是合情合理的。」

「那麼，我的日落呢？」小王子提醒他——他每次提出問題之後，是從來不會把它忘卻的。

「你會看到日落的，我會命令太陽下山。不過，按照我的科學統治的原則，我必須等到條件成熟時才下令。」

「那要等到什麼時候呢？」小王子問。

「嗯⋯⋯嗯⋯⋯」國王一邊應聲，一邊查閱一本

小王子

厚厚的**曆書**①，然後又説，「嗯……那大概……大概是在今天晚上，七點四十分左右……到時你就可以看到我的命令多起作用！」

小王子又打了個呵欠。失去了看日落的機會，他覺得很遺憾。同時，他也開始覺得有點厭煩了。

「我在這兒沒別的事了，」他對國王説，「我該繼續上路了。」

「別走，」國王説，他好不容易才得到了一個臣民，因而得意非凡，「別走，我封你當部長！」

「什麼部長？」

「什麼部……**司法部長**！」

「可是這裏沒有人可以被我裁判的呀！」

知識泉

司法部長：司法部的最高領導人。司法部是指檢察機關或法院等，依照法律對民事、刑事案件進行偵查、審判的部門。

「關於這點我不太清楚，」國王對小王子説，「我至今還沒有好好巡視過我的王國呢。我已經很老了。這裏連一輛馬車也放不下，而我走路又怕累。」

---

① **曆書**：按照一定曆法排列年、月、日、節氣、紀念日等供查考的書。

「哦，可是我已經都看過了！」小王子說。他又回過頭來向星球的另一端瞥了一眼，星球的那一端，如同這一端，一個人影也沒有⋯⋯

「那麼，你就裁判你自己吧，」國王回答說，「這是最難做的一件事。裁判自己比裁判別人困難得多。假如你能準確無誤地裁判自己，那你真正是個明智的人。」

「是的，」小王子說，「但是我可以在任何一個地方裁判我自己，不必一定要住在這個星球上的。」

「哼！哼！」國王說，「我完全有理由相信，在我星球上的某一個地方有一隻很老很老的老鼠。晚上我聽到牠在叫。你可以對這隻老鼠進行裁決，你能隨時判處牠死刑。這樣，牠的生死就全靠你執法了。但是你每次必須赦免牠，牠必須得到寬大對待，因為我們只有牠了。」

「我不想判處任何人死刑。」小王子回答道，「我想，我現在真的該走了。」

「不！」國王說。

但是現在小王子已作好一切準備，決意離開，可

他又不想使老國王傷心。於是他說：

「陛下要是希望我即刻服從您的話，就給我下一道通情達理的命令吧。比方說，您可以命令我在一分鐘之內離開。對我來說，這樣做的條件已經成熟了……」

國王沒有出聲。

小王子猶豫了一會兒。然後，他歎了一口氣，就動身離開了。

「我封你做我的大使！」國王急急叫道。

國王擺出一副威嚴的架勢。

「那些大人們真是非常奇怪。」小王子喃喃自語着，繼續趕路。

知識泉

大使：由一國派駐在他國的最高一級的外交代表，全稱特命全權大使。

第十一章
一個驕傲自大的男子

小王子拜訪的第二個星球上，住着一個驕傲自大的男子。

「啊！啊！有個崇拜我的人來拜訪我啦！」他老遠見到小王子走來，便大聲叫道。

從一個自負的人的眼光看來，別人都是他的崇拜者。

「早上好！」小王子跟他打招呼，又説：「你戴的帽子很古怪。」

「這頂帽子是用來向人致意的，」這個自大的人答道，「當人們向我歡呼喝采的時候，我就舉起它來向人們回禮。遺憾的是，從來沒有人從這條路上走過。」

「什麼？」小王子説，他不大明白這個人在説些什麼。

「你來鼓掌，一下接一下地。」現在，這個自大

的人指揮他怎麼做了。

小王子開始鼓掌，那個自大的人舉起他的帽子，優雅地回了禮。

「這可比拜訪那位國王有趣得多了。」小王子自言自語。

小王子再次鼓掌，一下接着一下，自大的人也就一次次舉起帽子還禮。

如此玩了五分鐘後，小王子對這機械性的單調遊戲感到厭煩了。

「那麼，怎樣做才能使你把帽子放下來呢？」小王子問。

可是，那個自負的人好像根本沒聽到小王子的問話。除了讚揚他的話以外，一個驕傲自大的人是聽不進任何別的話的。

「你真的是非常崇拜我嗎？」他問小王子。

「崇拜？那是什麼意思呢？」小王子真的不明白。

「崇拜，它的意思就是説，你認為我是這個星球上最英俊、衣着最漂亮、最富有、最聰明的人。」

「可是，在你的星球上只有你一個人呀！」

「行行好吧，你可以照樣崇拜我的呀。」

「好吧，我崇拜你。」小王子聳了聳肩說，「可是，為什麼你對崇拜不崇拜這件事這麼感興趣呢？」

小王子繼續上路。

「那些大人們真是非常奇怪。」小王子自己對自己說。

他離開這個星球，繼續自己的旅程。

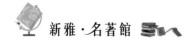

第十二章
一個酒鬼

下一個星球上住着一個酒鬼。這次拜訪的時間雖然很短,但卻使小王子深感沮喪。

小王了抵達這個星球的時候,只見這個人默不作聲地坐在一堆酒瓶面前,其中有些酒瓶是空的,有些還沒有開啟過。

「你在那裏幹什麼?」小王子問他。

「我在喝酒。」酒鬼回答,滿臉憂傷。

「你為什麼要喝酒呢?」小王子又問。

「為的是我可以忘掉……」酒鬼答道。

「忘掉什麼?」小王子追問,心中為這酒鬼感到十分難過。

「忘掉我的羞愧。」酒鬼坦白地回答,低下了頭。

「你為什麼事感到羞愧?」小王子繼續追問,他很想幫助這個人。

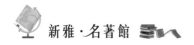

　　「我為酗酒而感到羞愧！」這個酒鬼像是用這句話來結束了這場談話，就此再不開口。

　　小王子只得困惑地離開這個地方。

　　「這些大人們真的是非常、非常的奇怪。」小王子喃喃自語，繼續他的旅程。

第十三章
忙於計數的商人

第四個星球是屬於一個商人的。

這位商人忙得如此不可開交，以致當小王子來到時，他甚至連頭也沒有抬起來。

「早上好！」小王子對他說，「你的香煙已經滅了。」

「三加二等於五，五加七等於十二，十二加三等於十五。早上好！十五加七等於二十二，二十二加六等於二十八。我沒時間再把香煙點着。二十六加五等於三十一。唷！總共是五億零一百六十二萬二千七百三十一。」

「五億個什麼東西？」小王子問。

「啊？你還在這兒？五億零一百萬──我不能停下來……我有那麼多事情要做！我只忙那些重要的正經事，從不說些無聊的話來取悅自己。二加五等於七……」

「五億零一百萬個什麼呀？」小王子又問了一次。他這一生中，凡是提出了問題，就決不會放過去的。

商人這才抬起頭來。

「我住在這個星球上已經有五十⋯⋯四年了，在這期間我只有被打擾過三次。第一次是在二十⋯⋯二年前，天知道從哪兒掉下來一隻昏了頭的金龜子，牠到處亂飛，發出的可怕噪音使人暈頭轉向，那天我就算錯了四個數。第二次，是在十一年前，我被風濕病害苦了。我缺少運動，連散步也沒時間。第三次嘛——就是這次！剛才，我正在說着話呢，你就插嘴：五——億——零——一——百——萬——」

「百萬個什麼呢？」

商人於是明白，若是他不認真回答這個問題，就再也別想過太平日子了。

知識泉

金龜子：昆蟲，有許多種，身體墨綠色或其他顏色，有光澤，前翅堅硬，後翅呈膜狀。有的地區叫「金殼郎」、「金龜甲」。是危害農作物的害蟲。

風濕病：一種慢性而有反覆急性發作的全身性疾病，以關節炎和心臟炎為主要表現，多發生於寒濕的溫帶地區。

「數百萬個小東西，」他說，「就是有時你能看到在天空中的小東西。」

「是蒼蠅嗎？」

「喔，不是。是那些小小的、發亮的東西。」

「蜜蜂？」

「喔，不是。是那些小小的、金黃色的東西，能叫懶人做**白日夢**①的。至於我呢，我只關心重要的正經事，我這一輩子都沒有時間來做白日夢。」

「哦，你說的是星星嗎？」

「是的，就是星星。」

「五億顆星星跟你有什麼關係呢？」

「五——億——零——一——百——六——十——二——萬——二——千——七——百——三——十——一——，我只關心重要的正經事：我計算得多麼精確！」

「那麼，你數這些星星做什麼呢？」

「我數它們做什麼？」

---

①**白日夢**：比喻不能實現的幻想、空想。

「是呀，做什麼？」

「不做什麼，我擁有它們。」

「你擁有這些星星？」

「是的。」

「可是，在這之前我見到一位國王，他……」

「國王並不擁有，他們只是統治而已。那是完全不同的事。」

「那麼，擁有這些星星對你有什麼好處呢？」

「能使我變得富有。」

「那麼，變得富有對你有什麼好處呢？」

「假如有新的星星被發現的話，我就有可能把它們買下來。」

小王子心想：「這個人的論調有點像那個可憐的酒鬼……」

不管怎樣，他還有些問題要問。

「一個人怎麼可能擁有星星呢？」

「那麼，星星屬於誰的？」商人生氣地反問。

「我不知道。不屬於任何人的。」

「那它們就是屬於我的，因為是我首先想到這點

的。」

「這樣就行了嗎？」

「當然啦。當你發現了一顆鑽石，它不屬於任何人，那它就是你的。當你發現了一個島嶼，它不屬於任何人，那它就是你的。當你在別人之前產生了一個想法，你去申請專利權，那它就是你的了。我的情況也是這樣：我擁有這些星星，因為在我之前沒有人想到去擁有它們。」

「是的，這倒是真的。」小王子說，「可是，你要了它們有什麼用呢？」

「我管理它們，」商人回答說，「我把它們一數再數，這可是一件相當困難的工作，不過我天生就是一個對重要的正經事感興趣的人。」

小王子對這個解釋還是不滿意。

「假如我擁有一條**真絲**①圍巾，」他說，「我可以把它圍在脖子上隨身帶走；假如我擁有一朵花，我也可以把它摘下來帶在身邊。可是，你不能把星星從

---

①**真絲**：指蠶絲，蠶吐的絲，用以紡織綢緞。區別於人造絲。

天上摘下來呀……」

「是不能。但我可以把它們存放在銀行裏。」

「這是什麼意思呢？」

「這就是說，我把我這些星星的數目寫在一張小紙條上，然後把紙條放在一個抽屜裏，用鑰匙鎖上。」

「就這樣？」

「這就夠了。」商人說。

「這倒很好玩，」小王子想道，「這樣做挺有詩意，但卻不是什麼重要的正經事。」

至於什麼樣的事才算是重要的正經事，小王子的想法和大人們的想法很不一樣。

「我自己擁有一朵花，」他繼續和商人談着，「我每天給她澆水。我還擁有三座火山，我每個星期都會把它們打掃乾淨。（我也清理一座死火山呢，因為誰知道它將來是不是會爆發）我擁有它們，因為這對我的火山有些好處，對我的花兒也有些好處。可是，你對那些星星卻毫無用處……」

商人聽得張口結舌，不知道該怎麼回答他。小王

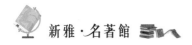

子就離開他走了。

　　「這些大人們統統都是那麼古怪。」他對自己簡短地説了這麼一句，繼續自己的旅行。

第十四章
盡職的掌燈人

　　這是所有星球中最小的一個，小得只能容納一盞街燈和一個點燈的人，以致小王子怎麼也無法理解：在天際的某一角，在一個沒有住房、沒有居民的星球上，一盞街燈和一個**掌燈人**[①]有什麼用呢？

　　但他仍然自己試着作出解釋：「也許這個人很荒謬可笑。可是他荒謬的程度絕對比不上那個國王、那個自負的人、那個商人和那個酒鬼，因為至少他的工作是有點意義的。當他點亮他的街燈時，就好像他使一顆星星或一朵花有了生命；當他熄了街燈時，就好比是把花兒或星星送入夢鄉。這是一個相當美妙的職業，正因為它美妙，所以它也的確有用。」

　　當小王子抵達這個星球時，他恭恭敬敬地向那掌燈人行禮。

[①] **掌燈人**：舊時負責每晚點燃盞盞街燈（油燈）的人，到了黎明還須把街燈一盞一盞弄熄。

「早上好！剛才為什麼你把街燈熄滅掉呢？」

「那是命令，」掌燈人回答，「早上好！」

「命令你什麼？」

「命令我熄滅街燈，晚上好！」

然後他又把街燈點亮。

「那你又為什麼把它點亮呢？」

「那是命令。」掌燈人回答。

「我真不理解。」小王子說。

「沒什麼要理解的，」掌燈人說，「命令就是命令。早上好！」

然後，他又把街燈弄滅。

接着，他掏出一塊紅格子布的手帕抹了抹額頭。

「我這工作真辛苦。以前還算合情合理——早上，我熄掉街燈；晚上把它再次點亮。白天的其餘時間我可以休息，晚上也有時間睡覺。」

「之後呢？命令改變了嗎？」

「命令沒有改變，」掌燈人說，「問題就出在這兒！這個星球一年比一年轉得快，而命令卻沒有改變！」

「那又怎樣呢？」小王子問。

「現在你看，這星球每一分鐘轉一圈，搞得我連一秒鐘的休息時間也沒了。每分鐘裏我必須點亮一次街燈，再熄滅一次！」

「這真是好玩！一天只有一分鐘，這就是你住的地方！」

「才不好玩呢！」掌燈人説，「你知道嗎，在我們説話這段時間裏，一個月已經過去了。」

「一個月？」

「是的，一個月。三十分鐘，就是三十天。晚上好！」

説着，他又把街燈點着了。

小王子望着他做這一切，覺得自己很喜歡這個忠於職守的掌燈人。他很想幫助眼前這位朋友。他回想起自己以前的日子裏，只要挪動一下椅子就能見到日落的情景，便説：

「你知道……我能告訴你一個辦法，讓你什麼時候想休息就可以休息

「我一直想休息哪。」掌燈人説。

一個人既忠於職守，同時又偷點懶，看來是可能的。

　　小王子繼續向他解釋道：

　　「瞧，你的星球這麼小，跨三步就可繞它走一圈了。為了要永遠身處陽光下，你只需慢慢地向前走。當你想休息的時候，你就這樣走——白天就會按你的意思任意延長。」

　　「那對我沒有多大好處，」掌燈人說，「我這一生最愛做的事，就是睡覺。」

　　「那你真是不幸。」小王子說。

　　「是啊，我很不幸。」掌燈人說，「早上好！」

　　他弄滅了他的街燈。

　　「這個人哪，」小王子繼續自己的旅程時，對自己說道：「這個人會被其他那些人嘲笑——包括國王、那個自大的人、那個酒鬼、那個商人。可是在我看來，他才是他們中間唯一不可笑的人。也許這是因為他除了自己之外，還會關心其他事情吧。」

　　他惋惜地歎了口氣，接著自言自語：

　　「這個人是他們中間唯一能和我做朋友的人。可

惜他的星球實在太小了，小到沒有容納兩個人的空間……」

　　小王子不敢承認的是，實際上他捨不得離開這個星球的原因，就是在這裏每天能見到一千四百四十次日落！

第十五章
想法古怪的地理學家

第六個星球比剛才那個大十倍。這個星球上住着一位老紳士，他一直在寫大部頭的巨作。

「喔，瞧！來了一位**探險家**①！」當他見到小王子來到時，大聲叫了起來。

小王子氣喘吁吁地走來，在他桌子旁邊坐下。他長途跋涉走了很久很久。

「你從哪兒來？」老紳士問他。

「那本大書是什麼書？」小王子問，「你在這兒做什麼呀？」

「我是一個地理學家。」老紳士說。

「什麼是地理學家？」小王子又問。

「地理學家就是一名學者，他知道所有的海洋、河流、城鎮、山脈和沙漠的位置。」

---

①**探險家**：專門到一些從來沒有人去過，或很少有人去過的地方去考察自然界情況的人。

「這真有趣，」小王子説，「這裏終於有個人有份真正像樣的職業了！」

他把地理學家所在的這個星球掃視了一遍，這是他所見過的星球中最富麗堂皇的一顆。

「你的星球真美！」小王子説，「這裏有海洋嗎？」

「我不知道。」地理學家説。

「啊！」小王子很失望。「那麼，這裏有山脈嗎？」

「我不知道。」地理學家説。

「有城鎮、有河流、有沙漠嗎？」

「我也不知道。」

「但是你是地理學家呀！」

「一點也不錯，」地理學家說，「可是我不是探險家。在我的星球上沒有任何一個探險家。作為一名地理學家，他不用走出去數數有多少城鎮、河流、山脈、海洋和沙漠。地理學家太重要了，不能外出遊逛。他從不離開他的書桌，可是他在自己的書房裏接見探險家們。他向他們提出問題，把他們在旅途中的所見所聞記錄下來。假如地理學家對這些探險家中某一位的敍述感興趣，他就會調查那位探險家的道德品質。」

「這樣做是為什麼呢？」小王子問。

「因為假如一位探險家說了謊話，將會給地理學家的著作帶來災難。若是探險家喝酒太多，也會如此。」

「怎麼會呢？」小王子問道。

「因為喝醉了酒的人，眼裏會看到重影。這樣，本來只有一座山的地方，地理學家可能就會記下那兒有兩座山。」

「我認識一個人，」小王子說，「假如他當探險

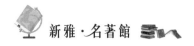

家的話，一定很糟糕。」

「這是可能的。然後，假如探險家的道德品質被證明是良好的，那就要查證他的發現。」

「怎樣查證？去實地察看嗎？」

「不，那樣做太費事了。我要求探險家提供證據，比方說，假如發現的是一座大山，他就必須從那兒帶一塊大石頭回來。」

說着說着，地理學家忽然變得興奮起來：

「而你——你是從遠方來的！你就是個探險家！你必須向我描述一下，你的星球是什麼樣的！」

於是，地理學家翻開他那本巨大的登記簿，再削尖了鉛筆。那些關於發現的描述通常先用鉛筆記錄下來，等到探險家提供了證據之後，再用墨水筆把它們寫下來。

「說吧！」地理學家滿懷期待地說。

「哦，我住的那個地方，」小王子說，「其實並不很有趣。那兒太小。我有三座火山，兩座是活的，另外一座是死的，可是誰知道它以後會怎樣。」

「誰也不知道。」地理學家表示同意。

「我還有一朵花。」

「我們不記錄花的。」地理學家說。

「為什麼呀？花兒是我的星球上最美麗的東西！」

「我們不記錄花草，」地理學家說，「因為它們朝生暮死。」

「這是什麼意思——『朝生暮死』？」

地理學家說：「地理書是所有書籍之中最重視實際的，它們從來不會變得過時。一座山，通常不會改變位置；汪洋大海，永不會枯乾。我們記錄永恆的事物。」

「但是死火山可能會再變回活火山的，」小王子打斷他的訴說，「『朝生暮死』是什麼意思呢？」

「不管火山是死的還是活的，對我們來說都是一樣的。」地理學家說，「在我們眼中它就是一座山，不會改變的。」

「但是，『朝生暮死』——那究竟是什麼意思呢？」小王子重複他的問題。他這輩子，從來沒有提出了問題又輕易放過了的。

「它的意思是——『一樣東西處於迅速消失的危險中』。」

「那麼，我的花兒也處於迅速消失的危險中？」

「那當然。」

「我的花兒是朝生暮死的，」小王子自言自語，「而她僅有四根刺，用以保護自己，對付這個世界。我卻把她獨自留在我的星球上！」

在這一刻，他第一次感到了後悔。但他再次鼓起勇氣。

「你建議我現在該去拜訪什麼地方？」他問道。

「地球，」地理學家回答道，「它的聲譽很好。」

小王子動身走了，心中惦記着他的花兒。

第十六章
探訪地球

於是，地球就成為小王子探訪的第七個星球。

地球可不是一個普普通通的行星！你來數數看，那裏有一百一十一位國王（別忘啦，其中當然包括黑人國王），七千名地理學家，九十萬個商人，七百五十萬個酒鬼，三億一千一百萬個驕傲自大的傢伙——那就是説，總共約有二十億個大人在那兒。

為了使你對地球的大小有個具體的概念，讓我來告訴你吧：在電力發明之前的日子裏，為了保持全球六大洲的光照，竟需要動用由四十六萬二千五百一十一個掌燈人組成的一支浩瀚大軍，每天晚上將所有的街燈點亮！

從遠處望過去，那真是一幅極為壯觀的景象。

這支點燈大軍的動作，正如舞台上芭蕾舞劇的舞者那樣井然有序：首先出場的是新西蘭和澳大利亞的掌燈人，把街燈一一點燃後，他們便去睡覺了；接

着，中國和**西伯利亞**的掌燈人踏
着舞步上場，表演完後也隱入舞
台兩側。下面輪到俄羅斯和印度
的掌燈人上台，然後是非洲和歐
洲的，再就是南美洲的、北美洲

的先後亮相。他們出場上台的次序從來都不會弄錯，
場面真是盛大。

　　只有在北極只負責點一盞孤燈的掌燈
人，以及他那在南極同樣只負責點一盞燈的
同事──只有他倆的日子過得不那麼辛
苦，他們每年只忙兩次。

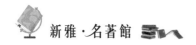

第十七章
與蛇交友

　　當一個人想賣弄小聰明的時候，他往往就會言過其實，來點小小的誇張了。我告訴你的那些關於掌燈人的事，也不完全是誠實的敍述。而且我覺得對於那些對我們的星球毫不知情的人來說，我的敍述可能會給他們造成一種錯誤的概念。

　　人們在地球上只佔着一個很小的空間，假如生活在地球表面上的二十億居民全部站直，聚集在一起，就好像在一些大型公眾集會中那樣，那麼一塊十二英里長、十二英里寬的廣場就能輕而易舉地把他們全部容納下來。所有人類甚至都能堆疊在一個小小的太平洋島嶼上。

　　肯定地說，當你把這些事告訴大人們時，他們是不會相信你的。他們總是想像他們自己佔有着很大的空間，自以為像猢猻麵包樹一樣重要。

　　你應該勸勸他們，讓他們自己好好計算一下。他

們崇拜數目字，所以會樂意去做這件事。可是你也別在這些額外的工作上浪費時間，那是不必要的。你只須相信我就是了。

　　當小王子來到地球上時，他非常驚訝為什麼見不到一個人，這使他開始懷疑自己是不是來錯了一個星球。

　　這時，小王子忽然看見一條有月光色澤的小金蛇在沙地上閃過。

　　「晚上好！」小王子彬彬有禮地説。

　　「晚上好！」小蛇回答説。

　　「請問，我所來到的這個地方，是什麼星球呢？」小王子問。

　　「這是地球；這兒是非洲。」蛇答道。

　　「啊！那麼，地球上怎麼沒有人的呢？」

　　「這兒是沙漠，沙漠裏荒無人煙。地球是很大的。」這條蛇説。

　　小王子在一塊石頭上坐了下來，抬眼望向天空。

　　「我在想，」他説，「為什麼天上的星星這樣閃亮，是為了有一天讓我們每個人都能再找到屬於自己

的那顆星……看，那是我的星球，它正在我們的頭頂上空，但它是那麼遙遠啊！」

「它很美，」那條蛇説，「那你為什麼會到這兒來的呢？」

「我和一朵花之間發生了些麻煩的事。」小王子説。

「哦！」蛇回應了一聲。

他倆都沉默不語。

「人們都到哪兒去了？」後來還是小王子打破靜默，重拾話題，「在沙漠裏真是有點寂寞……」

「在人羣中也是寂寞的。」蛇説。

小王子凝視着蛇很久。

「你是一種有趣的動物，」最終他説，「你看來並不比一根手指粗……」

「可是我卻比一個國王的手指還要有威力。」蛇説。

小王子笑了。

「怎麼可能呢？……你連一雙腳也沒有……你甚至不能出門旅行……」

「我能把你帶到比你坐船能到達的更遠更遠的地方。」蛇說。

蛇把自己的身軀盤繞在小王子的腳踝上，像一條金色的**腳鐲**①。

「無論是誰只要被我碰觸到，我就把他送回到他來的地方——回歸塵土，」蛇又說，「可是你心地純真，又是來自另一個星球……」

小王子沒有出聲。

「你引發了我的惻隱之心——在這花崗岩構成的地球上，你是太柔弱了，」蛇說，「我能幫你。一旦你犯思鄉病了，想回到你自己的星球，那時我就能……」

「喔！我十分明白你的意思，」小王子說，「但是你為什麼總是說話像在打**啞謎**②似的？」

「我會解開所有的謎。」蛇說。

他倆又再度陷入沉默。

---

①**腳鐲**：套在腳腕上的環形裝飾品，多用金、銀、玉等做成。

②**啞謎**：意思不容易明白的話。比喻難以猜透的問題。

第十八章
遇見小花

小王子越過沙漠。

他只遇到了一朵花。那是一朵小花，只有三個花瓣，是一朵毫不起眼的花。

「早上好！」小王子説。

「早上好！」花兒説。

「請問，人們都在哪兒？」小王子很有禮貌地問道。

這朵花兒只有一次見過一個**商隊**①經過這兒。

「人們？」花兒回應説，「我想大概有六、七個人存在吧。我在幾年前見過他們，但是誰也不知道在哪兒可以找到他們。風把他們吹走了。他們沒有根，四處飄泊，所以很難生存。」

「再見。」小王子説。

「再見。」花兒説。

---

①**商隊**：專指穿過沙漠的商旅，用駱駝載負貨物，為安全起見成羣結隊行進。

第十九章
在高山上

之後，小王子爬上一座高山。

以前，他所知道的山就是那三座火山，那是只及到他的膝蓋那麼高的，他還把其中那座死火山當腳凳使用呢。

「站在這麼高的一座山上，」小王子自言自語地說，「我必定能一覽無遺地看到這整個星球，和所有的人類……」

可是他看到了什麼？除了如針尖般矗立的岩壁峭峯之外，什麼也沒有。

「早上好！」小王子很客氣地問候。

「早上好——早上好——早上好！」**回聲**[①]呼應着。

「你是誰？」小王子問道。

[①]**回聲**：聲波遇到障礙物反射回來再度被聽到的聲音，一般在山洞、山谷中常見。

「你是誰——你是誰——你是誰——」回聲呼應
着。

「來做我的朋友吧，我很寂寞呢。」小王子説。

「我很寂寞——很寂寞——很寂寞——」陣陣回
聲傳來。

「多麼奇怪的星球！」小王子心想，「到處是那
麼乾旱，山峯是那麼尖削，地勢是那麼粗糙險惡……
人們一點想像力也沒有，只會重複別人對他們説的話
……而在我的星球上，我有一朵花，她往往是首先開
口説話的……」

第二十章

玫瑰園

經過一段長時間的長途跋涉，穿過沙漠、岩壁和冰雪，小王子終於來到一條大路上。而所有的道路都是通向人們居住的地方的。

「早上好！」小王子説。

他站在一座花園前面，園中玫瑰花盛開。

「早上好！」玫瑰花回答他。

小王子仔細端詳着眼前的花朵，發現她們長得跟他的花兒十分相似。

「你們是誰？」小王子驚駭地問。

「我們是玫瑰。」花兒們回答説。

小王子頓覺滿心憂傷。他的花兒曾經告訴他説，像她這樣的花，全宇宙中僅此一朵。可是這裏，只是在這一座花園裏，跟她一模一樣的花就有五千朵！

「當她見到這副情景……她一定會非常非常生氣，」小王子對自己説，「她會拚命地咳嗽，還會裝

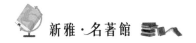

出快要死去的樣子，來避開別人的嘲笑。而我呢，我就不得不假裝去照料她，使她起死回生——因為我不那樣做的話，如果我不如此委曲求全的話，她會真的讓自己死去……」

然後，他又繼續想道：「我本來以為自己很富裕，擁有世界上獨一無二的花朵，但其實這不過是一朵很普通的花，一朵常見的玫瑰花；還有三座只及膝高的火山——其中一座也許永遠熄滅了……這一切都不能使我成為一個偉大的王子……」

於是他撲倒在草地上，哭了起來。

第二十一章
馴服狐狸

就在此時，一隻狐狸出現了。

「早上好！」狐狸說。

「早上好！」小王子很有禮貌地回答——雖然當他轉身向四下張望時，什麼也沒見到。

「我在這兒呢，」那個聲音說，「在蘋果樹下面。」

「你是誰呀？」小王子問，見到牠後又說，「你看上去十分漂亮啊！」

「我是狐狸。」狐狸說。

「來和我一起玩吧，」小王子提議道，「我很不開心呢。」

「我不能跟你玩，」狐狸說，「我還沒被**馴服**①。」

「啊！請原諒。」小王子說。

但是，他想了一下，便問道。

「你說的『馴服』——是什麼意思？」

「你不是住在這裏的人，」狐狸說，「你來這裏找尋什麼呀？」

「我在找人們，」小王子說，「『馴服』——是什麼意思呢？」

「人們，」狐狸說，「他們有槍，他們打獵，這造成很大的滋擾。他們也養雞。他們的興趣就是這些。你在找雞嗎？」

---

①**馴服**：野生動物經人飼養後改變原來的習性，變得順從聽指揮。

「不，」小王子説，「我在尋找朋友。『馴服』——是什麼意思？」

「這是一種經常被忽視的行為，」狐狸説，「它的意思是建立關係。」

「『建立關係』？」

「就是這樣，」狐狸説，「對我來説，你只不過是一個小男孩，就像千千萬萬個其他小男孩那樣；而且我並不需要你。而你呢，從你這方面來説，你也不需要我；對你來説，我只不過是一隻狐狸，就像千千萬萬隻別的狐狸那樣。

「但是，如果你馴服了我，那麼我們就彼此需要對方了。對我來説，你將是世界上獨一無二的；對你來説，我也是世間最獨特的……」

「我開始有點明白了，」小王子説，「有那麼一朵花……我想她已經馴服了我……」

「這是可能的，」狐狸説，「在這地球上，什麼樣的事情都會發生。」

「喔，不過這件事並不是發生在地球上。」小王子説。

狐狸一臉困惑，好奇地問：

「在別的星球上？」

「是的。」

「在那個星球上有獵人嗎？」

「沒有。」

「啊，那倒很有意思！那邊有雞嗎？」

「沒有。」

「唉，沒有十全十美的事。」狐狸歎息道。

接着，牠回到原來的話題。

「我的生活是很單調的，」牠說，「我捕捉雞，獵人捕捉我。所有的雞都是一樣的，所有的人也都一樣。結果呢，我對這種生活感到有點厭煩了。但是，假如你來馴服了我，這就好比陽光照亮了我的生命。我會認出一種腳步聲，那是和別的腳步聲不同的。別人的腳步聲會使我倉惶逃入地下；但是你的腳步聲卻像音樂一樣，召喚我走出洞穴。還有，你瞧，看見那邊的一片麥田了嗎？我是不吃麵包的，麥子於我無用，所以麥田對我來說毫無意義。這真是可悲。但是，你有一頭金黃色的頭髮。想想吧，假如你馴服了

我，那該有多好啊！田裏的麥子也是金黃色的，看見麥子會使我想起你，而且我也會愛上吹過麥田的颯颯風聲⋯⋯」

狐狸久久地凝望着小王子。

「請你──馴服我吧！」牠說。

「我很願意這樣做，真的！」小王子回答說，「可是我沒有多少時間，我要結交朋友，還有一大堆事要去了解清楚。」

「一個人只能了解他所馴服的事物，」狐狸說，「人們沒有更多時間去了解其他任何事。他們在商店裏購買現成的貨品，可是哪兒也沒有一家商店可以讓你買到友情。所以人們不再有任何朋友。如果你想要一個朋友，就馴服我吧⋯⋯」

「為了要馴服你，我該怎麼做呢？」小王子問。

「你必須很有耐心，」狐狸答道，「首先，你要坐下來，與我相隔一段距離──好比⋯⋯在那邊的草地上。我會用眼角的餘光來瞄你，而你什麼也不用說。語言是誤解的根源。可是，你每天要坐得離我近一些，越坐越近⋯⋯」

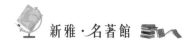

第二天，小王子又來了。

「你最好每天在同一個時間來到，」狐狸説，「比方説，你在下午四點鐘來，那麼三點鐘起我就會感到很快樂。隨着時間越來越近，我就越來越快樂。

到了四點鐘，我就會興奮得坐立不安，你會看到我是多麼高興！可是，假如你來得不定時，我就不知道該在什麼時候作好迎接你的心理準備……一個人還是應該遵守一些適當的慣例的……」

「什麼是慣例？」小王子問。

「這也是一種常常會被忽視的行為，」狐狸説，「有了慣例，就會使某一日與其他日子不同，某一小時與其他小時不同。舉個例來説吧，我們的獵人們就有一個慣例──每個星期四他們都會去和農村的姑娘跳舞，所以星期四就成了我的大好日子！我可以散散步，甚至逛到葡萄園去。可是假如獵人們不定好日子，隨時都會去跳舞，那麼對我來説每一天都是相同的了，星期四與別的日子毫無區別，我就再也沒有任何假日了。」

於是小王子就馴服了這隻狐狸。

當離別的時刻來到時，狐狸説：「啊，我真想哭。」

「這都是你自己一手造成的，」小王子説，「我從來都不想給你帶來任何傷害，但是你要求我馴服你……」

「是的，沒錯。」狐狸説。

「可是你現在卻想哭！」小王子説。

「是的，沒錯。」狐狸説。

「那麼説，這件事沒有給你帶來任何好處！」

「誰説沒好處？當然有！」狐狸説，「因為麥田的顏色……」

牠接着又説：「再去看看那些玫瑰花吧。你現在會明白，你的那朵花兒是世界上獨一無二的。然後再回來向我道別，我要告訴你一個秘密作為離別的贈禮。」

小王子便暫時離開牠，再去看看玫瑰花。

「你們一點也不像我的那朵玫瑰花，」小王子對花兒們説，「所以現在你們什麼也不是。沒有人馴服過你們，你們也沒有馴服過別人。你們就像我剛來時

認識的狐狸那樣，那時對我來說牠只不過是一隻普通的狐狸，就像千千萬萬隻別的狐狸一樣。可是現在牠成了我的朋友，所以是世界上獨一無二的了。」

玫瑰花兒們感到萬分困窘。

「你們都很美，可是你們都很空虛，」小王子繼續說，「沒有人會為你們而死。的確，一個普通的路人會認為我的玫瑰——那朵屬於我的玫瑰花——看起來和你們長得一模一樣，但是實質上她比你們千百朵玫瑰花更為重要——這是因為我曾經為她澆過水，我曾經用玻璃罩把她罩起來，我曾經用屏風來遮護她；正是為了她，我殺死了那些毛毛蟲（只留下兩、三條讓牠們變成蝴蝶）；當她抱怨時、吹噓時，甚至是默不作聲時，我都是她的傾聽者——正因為她是我的玫瑰花。」

然後，小王子回去見狐狸。

「再見了。」他說。

「再見，」狐狸答道，「現在我來告訴你我的一個秘密，一個非常簡單的秘密：只有用你的心靈去看，你才能看得正確；用眼睛看，會錯過實質的東

西。」

　　「用眼睛看，會錯過實質的東西。」小王子重複
一遍，以便能把它牢牢記住。

　　「正是你為你的玫瑰所耗費的時間，使你的玫瑰
變得如此重要。」

　　「正是我為我的玫瑰所耗費的時間⋯⋯」小王子
把這句話也說了一遍，以便能牢記在心。

　　「人們都已經忘卻了這個真理，」狐狸說，「可
是你別把它遺忘。對你曾馴服過的，你要永遠負起責
任來。你要對你的玫瑰負責⋯⋯」

　　「我要對我的玫瑰負責⋯⋯」小王子重複說着這
句話，為的是永遠不會把它忘掉。

第二十二章
不追趕什麼的火車

「早上好！」小王子說。

「早上好！」火車**扳道工**①答道。

「你在這兒幹什麼呢？」小王子問。

「我調度乘客，一千人為一批。」扳道工說，「再把載運他們的火車送出去，有時向右，有時向左。」正在此時，一列燈火通明的快車呼嘯而過，聲如雷鳴，扳道工的小屋也隨之震動。

「看來他們在匆忙趕路，」小王子說，「他們在找尋什麼呀？」

「連火車司機也不知道呢。」扳道工說。

一列同樣明亮的火車轟隆轟隆地開過來，朝着相反的方向開走了。

「他們已經回來了嗎？」小王子問。

---

① **扳道工**：在鐵路上的岔口處負責操作扳道器，使列車由一組軌道轉到另一組軌道上的人員。

「這不是剛才開過去的那列火車，」扳道工說，「這是對開的列車。」

　　「是不是他們不滿意自己所在的地方？」小王子問。

　　「沒有人會滿意自己所在的地方。」扳道工說。

　　他們兩人聽到第三輛燈火通明的列車如雷鳴般駛過。

　　「他們是不是在追趕那第一批乘客？」小王子問道。

　　「他們什麼也不追趕，」扳道工說，「他們在車廂裏睡覺，不睡覺的也在打呵欠。只有小孩子才把自己的鼻子貼在玻璃窗上往外看。」

　　「只有小孩子才知道自己在尋找什麼，」小王子說，「他們會在一個破舊的布娃娃身上耗費很多時間，那個布娃娃對他們來說就變得非常重要了；假如有人從他們手裏把布娃娃拿走，他們就會哭起來……」

　　「他們是很幸運的。」扳道工說。

第二十三章
販賣藥丸的商人

「早上好！」小王子説。

「早上好！」商人説。

這是一個販賣止渴藥丸的商人，據説這種藥丸很有效，一星期只要吞服一顆，整個星期內都不需要喝任何飲料。

「為什麼你要賣這些藥丸呢？」小王子問他。

「因為這些藥丸可以為人們節省大量時間，」商人説，「專家們做過統計，服用這些藥丸，每星期你可以省下五十三分鐘時間。」

「那麼，我要用這五十三分鐘來做什麼呢？」

「你想做什麼便做什麼……」

「對我來説，」小王子自言自語，「假如我有五十三分鐘的時間可以任意支配，我就要輕鬆悠閒地走到一處清泉邊去。」

第二十四章
找井

自從我的飛機在沙漠中失事，至今已是第八天了。聽完這個商人的故事時，我剛好喝下了我僅存的最後一滴水。

「啊，」我對小王子說，「你的這些回憶真是很吸引人。可是眼下我還沒修復好我的飛機，而且喝的水也沒有了；如果現在我能輕鬆悠閒地走向一處清泉的話，我也會非常高興的！」

「我的朋友，那隻狐狸……」小王子對我說。

「我親愛的小人兒，目前這一切和狐狸沒有任何關係！」

「為什麼沒有關係？」

「因為我快要渴死了……」

他沒有跟上我的思路，卻回答我說：

「能夠交上一個朋友是件好事，即使是命在旦夕。譬如說我吧，我很高興能交上狐狸這個朋友

……」

「他不能理解這個困境，」我對自己說，「他從來沒有挨過餓或忍過渴，他所需要的只是些許陽光……」

他直直地盯望着我，像是看穿了我所想的，回答我說：

「我也渴了，讓我們去找一口井吧……」

我作了個手勢表示很不耐煩——在這無邊無際的沙漠裏，漫無目的地去找一口井，這真是荒謬可笑。

但是，不管怎麼樣，我們還是動身去找了。

我們步履艱難地走了幾個小時，彼此一言不發。夜幕降臨，天際出現了星星。過度的口渴使我有點發燒。我望着星星，迷迷糊糊的好像在做夢。小王子剛才所說的話在我的記憶中浮現：

「那麼說，你也渴了嗎？」我問道。

他沒有回答我的問題，只是對我說：

「也許水對心靈也是有益的……」

我不明白他的話，可是我什麼也沒說。我知道得很清楚——要想盤問他根本是不可能的事。

他也走累了，坐了下來。我坐在他身旁。

沉默了一會兒後，他又開口說道：

「星星很美，因為上面有一朵花，而我們看不到。」

我回答說：「是的，正是那樣。」我再也沒說什麼，默默地望着月光下在我們面前無限延伸的**沙脊**①。

「沙漠很美。」小王子又說。

確是如此。我一向喜歡沙漠。獨自一人坐在沙丘上，什麼也看不見，什麼也聽不到。但是透過寂靜，卻能感到有些什麼在悸動、在閃爍……

「是什麼使沙漠這麼美呢？」小王子說，「是隱藏在某個地方的一口井……」

我感到無比驚訝——我突然領悟到沙漠那神秘閃光的奧妙。當我還是個小男孩的時候，我在一幢宅裏住過，傳說有寶藏埋在那兒。可以肯定的是，沒有人知道怎樣去尋寶，甚至於也許從來就沒有人去試圖尋寶。但是這幢房子卻因此而被籠罩上一層神秘感——

①**沙脊**：沙漠中由於風吹而形成的隆起的長條沙帶，像人的脊椎骨。

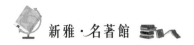

在我家住所的某個深處，隱藏着一個無人知曉的秘密……

「是的，」我對小王子説，「房子、星星、沙漠——使它們顯得那麼美麗的，正是某些看不到的東西！」

「我很高興，」小王子説，「你和我的狐狸朋友看法相同。」

小王子睡着了之後，我把他抱在懷裏繼續往前走。我深受感動，心緒激盪。我好像正捧着一件非常脆弱易碎的寶物，我甚至覺得世界上再也沒有比這更脆弱的東西了。

在月光的照耀下，我凝望着他那蒼白的前額、他那緊閉的雙眼，和他那在微風中飄動的鬢髮，我對自己説：「在這裏我所見到的僅僅是個軀殼而已，最重要的是什麼？那是用肉眼看不到的……」

看到他的雙唇微微張開，似笑非笑，我又對自己説：「在我眼前熟睡的這個小王子，令我深深感動的是他對一朵花的忠誠——這朵玫瑰的形象好比一盞明燈，照亮了他的整個生命，甚至在他入睡的時候

……」

我覺得他變得更為脆弱了。我深感我應該保護他，他就像一朵火燄那樣，一陣風來就會把它吹滅……

我就這樣一直往前走。黎明時分，我找到了一口井。

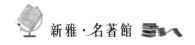
第二十五章
井邊的談話

「人們啊，」小王子說，「坐着火車動身上路，卻不知道自己在找尋什麼。他們來去匆匆，興奮異常，不停地兜着圈子走……」

他又補充一句：

「不值得這麼麻煩的……」

我們找到的這口井，完全不像撒哈拉沙漠中的其他水井。通常撒哈拉沙漠中的井，只是在沙地上挖掘出的一個個洞而已；而這口井卻好像是那些村子裏村民用的水井。可是這裏並沒有村莊，我想我一定是在做夢……

「真是奇怪，」我對小王子說，「瞧，這裏用的東西都給我們準備好了：滑輪、吊桶、繩子……」

小王子笑了。他拿起繩子，試着轉動滑輪。滑輪發出「咯吱咯吱」的聲音，好像是隻早就被風兒遺忘了的老風信雞在嗚咽。

「你聽見了嗎？」小王子說，「我們喚醒了這口井，它在唱歌呢⋯⋯」

我不想讓他用繩子來吊水，那會把他累壞的。

「讓我來吧，」我說，「這對你來說太重了。」

我把吊桶慢慢提升到井口邊，放在那兒——我很累，但我很高興自己完成了這一任務。

滑輪哼唱的歌聲仍在我耳邊迴盪，我可以見到陽光在桶裏那搖曳不停的水面上閃爍着。

「我很想喝水，」小王子說，「給我喝一點吧⋯⋯」

我明白了他一直在尋找的是什麼。

我把水桶舉到他的唇邊。他閉着眼睛喝着水，水像是一些特殊節日慶典上招待飲用的瓊漿玉液那樣甘美。這水確實不同於一般的食物，它的甘美來自星空下的長途跋涉，來自滑輪的歌聲，來自我雙臂的努力。它像一件禮物那樣，對心靈也有益處。當我還是

個小孩子的時候，每當聖誕節來臨，聖誕樹的發光燈飾、午夜**彌撒**^①的悠揚樂聲、每張臉龐的溫柔微笑，都使我收到的件件聖誕禮物大放異彩。

「在你居住的地方，」小王子説，「人們在同一座花園裏種植五千朵玫瑰花——他們卻找不到他們所尋找的東西。」

「他們找不到。」我回答。

「而現在，他們所要尋找的東西卻可以在一朵玫瑰或是一捧水中找到。」

「是的，你説的沒錯。」我説。

小王子又説：

「可是眼睛是盲的，一個人必須用心靈去看……」

我喝過水後，呼吸也變得順暢多了。日出時分，沙漠呈現一片蜜也似的顏色。這蜜色也使我很快樂，但是，是什麼給我心頭帶來悲哀的感覺呢？

「你必須遵守你的諾言。」小王子再一次在我身

---

^①**彌撒**：天主教的一種宗教儀式，用麵餅和葡萄酒表示耶穌的身體和血來祭祀天主。

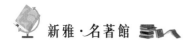

旁坐下，輕聲説。

「什麼諾言？」

「你是知道的——給我的羊一個口套……我要為那朵花負責的……」

我從口袋裏掏出那些畫的草圖，小王子把它們看了一遍，笑着説：

「你畫的猢猻麵包樹——看起來有點像棵洋白菜。」

「哦！」

我一直認為這幅猢猻麵包樹畫是我的得意之作呢！

「你畫的狐狸——牠的兩隻耳朵看起來有點像一對角，而且也畫得太長了。」

他再次笑了起來。

「你這樣太不公平了，小王子，」我説，「我本來就説過，除了從內部和從外部看蟒蛇的兩幅畫以外，我什麼也不會畫的。」

「喔，那不要緊，」小王子説，「孩子們看得懂的。」

於是我就用鉛筆畫了一張口套的素描。當我把這張畫給小王子時，我傷心極了。

「你有什麼計劃，而我是不知道的？」我問。

但是他沒有回答我，而只是説：

「你知道嗎——我降落到地球上來——明天就是整整一年了。」

停頓了一會兒，他接着説：

「我降落的地點離這兒非常近。」

他的臉紅了。

不知道什麼原因，一陣莫名的悲哀又一次向我襲來。

我想到了一個問題：

「那麼，一個星期以前——那個早晨，當我第一次遇見你的時候，你在這千里之內荒無人煙的地方獨自遊逛，那不是偶然的了？你是在趕路——要回到你着陸的地方去？」

小王子的臉又紅了。

我猶疑了一下，又問道：「也許，這是因為滿了一周年的緣故？」

　　小王子的臉更紅了。他是從來不回答問題的——可是，當一個人在問題面前不作聲時，是不是意味着默認？

　　「啊，」我對他説，「我有點害怕……」

　　他打斷我的話，説：

　　「現在你應該去工作，你回去修你的飛機引擎吧。我會在這兒等你的。明天傍晚回到這兒來……」

　　但是我還是不太放心。我想起了那頭狐狸。如果讓自己被人馴服，那就要準備好日後也許會流淚哭泣……

第二十六章
分別的時刻

　　那口井的旁邊，有一堵古老殘舊石牆的遺跡。第二天黃昏時分，當我做完工作回來時，老遠就看見我的小王子坐在那堵破石牆的頂端，雙腳晃盪着。我聽到他在説：

　　「你不記得了吧，這不是確切的位置。」

　　一定有個另外的聲音説了些什麼，因為他回答説：

　　「是的，不錯，是這個日子！但是不是這個地方。」

　　我繼續向石牆走去。在這段時間裏我什麼也沒看見，什麼也沒聽見，可是小王子又在回應説：

　　「……正是這樣。你會在沙地上找到我的足跡的起點，你只要在那兒等我就行了，今晚我會去那兒的。」

　　我離石牆只有二十米，但是仍然什麼也沒看見。

靜默了一會兒後，小王子又說：

「你的毒液真的行嗎？你肯定那不會讓我受苦太久嗎？」

我停下腳步，心頭疑懼不已，但仍是不明白發生了些什麼事。

「現在你走吧，」小王子說，「我要從牆上跳下來了。」

我低頭朝牆腳那邊望去，驚得跳了起來——在我眼前，正面對着小王子的，是一條金黃色的蛇，那是能在三十秒鐘裏置人於死地的毒蛇！

我一邊從口袋裏掏出我的左輪手槍，一邊向後退了一步。我發出的聲響驚動了蛇，只見牠飛快地閃過，像一滴水沒入沙地那樣，帶着輕微的金屬碰撞聲，不慌不忙地消失在亂石堆中。

我及時趕到石牆邊，剛好把跳下的小王子接在懷中，他的臉色蒼白如雪。

「這是怎麼回事？」我問道，「你為什麼跟蛇講

知識泉

左輪手槍：轉輪手槍的一種，裝子彈的輪能從左側甩出來，所以叫左輪。

話？」

我為他鬆開那常年圍在他脖子上的金黃色長圍巾，把他的兩邊太陽穴用水弄濕，又給他喝了些水。現在我不敢再問他什麼問題了。他神情嚴肅地望着我，伸出雙臂圍抱着我的頸脖。我能感覺到他的心跳——像一隻被人用來福槍射中的小鳥，奄奄一息，掙扎於死亡線上⋯⋯

> ### 知識泉
>
> **來福槍**：舊時指槍膛內刻有來福線（膛線）的步槍。膛線是螺旋形凹凸線，作用是使發射出的子彈頭旋轉飛行，以增加射程和命中率。

「我很高興，你終於找出了飛機引擎的毛病，」他説，「現在你能回家了⋯⋯」

「你怎麼知道的？」

我正是要來告訴他，我的引擎修復工作已經成功做完，原先我是並不抱太大希望的。

他並沒回答我的問題，只是補充説：

「我也是，今天我要回家了⋯⋯」

然後，他很傷感地説：

「路程可是遠得多⋯⋯也困難得多了⋯⋯」

我清楚地意識到，有什麼不平常的事就要發生

了。我把他緊緊摟在懷裏，好像他是個嬰兒似的；而且我感到，他像是一頭栽進了深淵，正不停地往下掉，而我卻完全沒辦法去阻止他……

他的神色異常凝重，目光茫然如有所失。

「我有你給我畫的綿羊，我也有裝羊的箱子，還有口套……」他說。

他朝我慘然一笑。

我等了很久，我看到他正在漸漸回復生機。

「親愛的小人兒，」我對他說，「你很害怕……」

毫無疑問，他是很害怕。可是他淡淡地笑了笑：

「今天傍晚我會更加害怕……」

由於對一些不可挽救的事無能為力，我再一次感到我的心墮入冰窖。

一想到我將再也聽不到他的笑聲，我覺得無法忍受。對我來說，他的笑聲就像是沙漠中的一股新鮮的清泉。

「小人兒，」我說，「我想再聽聽你的笑聲。」

但是他對我說：

「今天晚上，正好滿一年……到時，在我來到地球的那個地方的正上方，可以找到我的星星。一年以前……」

「小人兒，」我說，「告訴我這一切只不過是一場惡夢——什麼蛇呀、見面的地點呀，和那星星……」

但他不回答我的請求，卻對我說：

「重要的東西，是眼睛看不到的……」

「是的，我知道……」

「這就像花兒一樣。假如你喜歡某個星球上的某一朵花，那麼晚上仰望天空就是一件很甜蜜的事，你會覺得所有星球上都開滿了花……」

「是的，我知道……」

「這也像水一樣。就是因為有了滑輪，還有繩子，你給我喝的水就如同音樂一般。你記得的——多好的水呀！」

「是的，我知道……」

「到了晚上，你會欣賞滿天繁星。我不能指給你看哪裏能找到我的星球，因為在我住的地方每樣東

西都很小。這樣倒也好。對你來說，我的星球就是這些星球中的一個。這樣，你就會愛看天上所有的星星……它們都會成為你的朋友。除此以外，我還要給你一樣禮物……」

他又笑了。

「啊，小王子，親愛的小王子！我愛聽你的笑聲！」

「這就是我的禮物，就是它。就像當我們在喝水的時候那樣……」

「你想說的是什麼？」

「每個人都有星星，」他回答說，「但是星星對不同的人來說，是截然不同的。對旅行者來說，星星是嚮導；對其他人來說，星星只是在天上的微光；對學者來說，星星是尚待研究的課題；對我遇見的那個商人來說，星星是財富。可是所有這些星星都是沉默不語的。你——只有你——所擁有的星星是別人所不會擁有的……」

「你的意思是說……」

「我將住在其中一顆星星上面，我在其中一顆星

星上面笑。所以當你在夜晚望着星空時，你會覺得好像所有的星星都在笑……你——只有你——擁有會笑的星星！」

他又笑了。

「當你不再憂傷的時候（時間會撫平一切傷痛），你就會因認識我而感到心滿意足。你永遠是我的朋友，你會與我同歡笑。有時為了取樂，你會打開你的窗戶……你的朋友們見到你向着天空大笑時，都會驚訝無比！然後你會對他們説：『是呀，這些星星總是使我想笑！』他們會以為你發瘋了。這是我和你開的一個小小的玩笑……」

他又再次笑了起來。

「這就好比，我給你的不是星星，而是無數個會笑的小鈴鐺……」

於是他又笑了。不過，這次他很快就變得嚴肅起來：

「今天晚上——你知道的……你別來。」

「我不要離開你。」我説。

「我看起來會像是很痛苦的樣子，甚至好像快要

死去似的。就是那樣的。別來吧，不要看到這些，不值得這麼麻煩的……」

「我不要離開你。」

但他憂心忡忡：

「我告訴你——這也是因為那條蛇。不能讓你被牠咬到。蛇——牠們是很邪惡的生物。但是這條蛇，也許只是為了好玩而咬你一口……」

「我不要離開你。」

有個想法使他安心了一點：

「對呀，牠沒有足夠的毒液來咬第二口。」

那天晚上，我沒有親眼看到他上路。他不作一聲悄悄地離開了我，等我追上他時，他正以堅定而快疾的步伐向前走着。他見了我只是說：

「噢！你來啦……」

他拉起我的手，仍在為我擔憂：

「你不該來的。看到我像死去的樣子，你會很難過，但那不是真的死去……」

我什麼也沒說。

「你明白……路途實在是太遠了，我不能帶着這

個軀體上路，那太重了。」

我什麼也沒說。

「這不過像是一副廢棄不用了的殘殼一樣，不值得為之難過的……」

我什麼也沒說。

他有點沮喪了，但還是作一次努力：

「你知道，這是件很有趣的事。我也會抬頭望星星，所有的星星上都有一口井，井上有一個生鏽的滑輪。所有的星星都會為我傾倒出活水，給我喝……」

我仍是不作聲。

「那該有多奇妙啊！你會擁有五億個小鈴鐺，而我則有五億處清泉……」

他再也說不下去了，因為他哭不成聲……

「就是這兒了，讓我自己走過去吧。」

他坐了下來，因為他害怕。然後他又說：

「你知道——我的花……我是要對她負責的。她是那麼脆弱！她是那麼天真！她有四根刺，可是毫無用處，她卻要靠它們來保護自己，對抗整個世界……」

我也坐了下來，因為我再也站不住了。

「現在——就這樣吧……」

他還是猶疑了一下，然後站起身來，踏出了一步。我動彈不得。

那邊什麼也沒有，只有一道黃色的閃光逼近他的腳踝。他站立了片刻，沒有發出叫聲。然後他像棵樹一樣，輕輕倒下。因為是在沙地裏，所以甚至連一絲聲響也沒有。

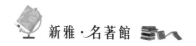
第二十七章
思 念

　　現在，整整六年已經過去了……我從來沒有把這故事告訴別人。當我回來的時候，前來歡迎我的同伴們都為我能生還而感到高興。我內心很悲傷，但我只是對他們說：「我累壞了。」

　　如今，我內心的傷痛稍稍平復了一些，也就是說——沒有完全平復。可是我知道，他確實已經回到了他的星球，因為那天天亮以後，我沒有找到他的軀體。他的軀體其實並不怎麼重……到了晚上，我愛傾聽星星的聲音，那像是有五億隻小鈴鐺在叮噹作響……

　　但是，有件事特別需要提一提——當我為小王子畫那個口套時，我忘了加畫口套的皮帶，這樣他就永遠不能把口套緊緊戴在綿羊的嘴上了。所以我現在時時在想：在他的星球上不知發生了些什麼事？也許那隻綿羊已經把那朵花吃掉了……

有時，我會對自己説：「肯定不會的！小王子每天晚上會用玻璃罩把他的花兒罩好，而且他會非常小心地看守着他的羊……」這樣我就高興了，而所有的星星也都發出甜蜜的笑聲。

　　不過，另有些時候我會對自己説：「可是人總會有心不在焉的時候，那就糟了！假如有天晚上他忘了用玻璃罩，或是綿羊趁天黑時不聲不響地偷偷溜了出來……」於是那些小鈴鐺們都涕淚漣漣……

　　這是件非常玄妙的事。對同樣愛上了小王子的你和我來説，如果在我們不知道的某個地方，一隻我們從來沒見過的綿羊吃掉了——或是沒吃掉——一朵玫瑰花，那麼整個宇宙就會大不一樣……

　　抬頭仰望天空，問問你自己：有，還是沒有？綿羊可有把花兒吃了？然後你就會明白一切是怎樣改變的……

　　沒有一個大人會理解這是一件多麼重要的事！

　　這裏，對我來説是世界上最可愛也是最可哀的景色。這幅圖跟上一頁那幅差不多是相同的，我再畫一次為的是要加深你的記憶。就是在這裏，小王子在地

球上出現了，然後又消失了。

　　仔細看看這幅圖，如果以後有一天你去非洲沙漠旅行，你就會認出這個地方來。如果你有機會經過這裏，請別走得太匆忙，在這顆星星下面等一會兒吧。然後，假如有個小人兒出現，他笑着，有一頭金髮，從來不回答問題……你就知道他是誰啦。假如真的發生這樣的事，請給我一個慰藉——寫信告訴我說：

　　他回來了。

① 小王子為什麼要離開自己的星球？最後又為什麼要回去呢？

② 小王子到過不同的星球，遇到不同的人，你印象最深的是哪一個星球的人呢？為什麼？

③ 小王子說：「這些大人們統統都是那麼古怪。」小王子眼中的大人們有什麼古怪的地方？

④ 小王子為什麼那樣喜歡看日落？

⑤ 為什麼飛行員（即書中的「我」）會那麼思念小王子？

⑥ 如果你遇到再次來到地球的小王子，你會跟他說什麼？

擴闊眼界

小王子來自B612小行星，你知道什麼是行星嗎？原來，天上的星體有的是恆星，有的是行星，有的是衛星。究竟這三種星體有什麼分別呢？

恆星

恆星是指會自己發光發熱的星體，由於距離太遠，看不到它們的移動，古人便以為它們是固定的，叫它做恆星。太陽就是最近地球的恆星。

行星

繞着恆星運轉的就叫做行星。例如繞着太陽轉的八大行星，按距離太陽由近至遠，依次是：水星、金星、地球、火星、木星、土星、天王星和海王星。除了八大行星，太陽系中還有許多小行星。

衛星

衛星就是繞着行星運轉的星體。例如我們住的地球就有一顆天然衛星——月球。此外，人們還製造了一些儀器發射上太空，讓它圍繞地球旋轉，這些儀器就叫做人造衛星。

作者小傳

安東尼·聖修伯里
(Antoine de Saint-Exupery) (1900-1944)

　　出生於法國里昂的一個名門之家,在一所城堡裏度過童年,自小愛作神奇的幻想。讀中學時以一篇作文《帽子的故事》獲得學校文學首獎,顯示出他在文學上的非凡天分。

　　十二歲那年第一次乘搭飛機,領略到飛行的樂趣,從此對飛行一往情深。二十一歲應召入伍,在飛行戰鬥連隊服役,擔任飛機維修工作,同時接受飛行訓練,同年取得軍方飛行員執照,此後一生以駕駛飛機為業。飛行中發生過多次意外,一次曾迫降在撒哈拉沙漠。

　　飛行的同時他從事文學創作。長篇小說《南方航線》、《夜間飛行》、《風沙星辰》轟動一時,陸續得獎並拍成電影。四十三歲時發表的《小王子》最為膾炙人口。

　　退伍後他一度從事新聞採訪工作,二次世界大戰爆發後再次入伍。1940年德軍佔領法國,他逃亡到美國。1943年再次加入飛行戰鬥行列。1944年7月31日受命從科西嘉島出發,飛往故鄉里昂一帶偵察,但一去不復返,相信已機毀人亡。他正像《小王子》的主角一樣,從地球上消失了……

新雅 ● 名著館

小王子

原　　著：安東尼‧聖修伯里〔法〕
撮　　寫：宋詒瑞
繪　　圖：藍曉
策　　劃：甄艷慈
責任編輯：周詩韵
美術設計：何宙樺
出　　版：新雅文化事業有限公司
　　　　　香港英皇道 499 號北角工業大廈 18 樓
　　　　　電話：(852) 2138 7998
　　　　　傳真：(852) 2597 4003
　　　　　網址：http://www.sunya.com.hk
　　　　　電郵：marketing@sunya.com.hk
發　　行：香港聯合書刊物流有限公司
　　　　　香港荃灣德士古道 220-248 號荃灣工業中心 16 樓
　　　　　電話：(852) 2150 2100
　　　　　傳真：(852) 2407 3062
　　　　　電郵：info@suplogistics.com.hk
印　　刷：中華商務彩色印刷有限公司
　　　　　香港新界大埔汀麗路 36 號
版　　次：二〇一六年四月二版
　　　　　二〇二一年三月第三次印刷
版權所有‧不准翻印

ISBN: 978-962-08-6506-0